La défense des Vosges dans la vallée de la Meurthe

souvenirs de la guerre franco-allemande

Georges Flayeux

AVANT-PROPOS

L'on nous demande de présenter ces pages au public. Comme si elles avaient besoin de recommandation ! Mais la signature de l'abbé Flayeux est la plus sûre garantie.

Nous ne disons qu'une chose, c'est que ces pages sont dignes de leurs aînées : elles complètent ses études précédentes sur la Vallée de la Meurthe ; elles affirment de plus en plus les qualités littéraires de leur auteur ; elles augmenteront surtout les regrets qu'il a laissés dans les rangs des travailleurs, où il s'était conquis si vite une place remarquée, et qui certainement allait grandir encore.

CH. PIERFITTE,
curé de Portieux.

LA DÉFENSE DES VOSGES

DANS LA
VALLÉE DE LA MEURTHE

(Septembre-Octobre 1870)[1]

I

La Vallée de la Haute-Meurthe que nous venons de parcourir en touristes n'est pas seulement fière de ses richesses naturelles et industrielles, mais aussi de son poste de combat. Elle compte parmi les lieux qui furent successivement le théâtre de la guerre et de l'invasion allemande, aussi nous croirions être incomplet si nous ne rappelions les douloureux souvenirs de 1870.

C'est par les vallées des affluents de la Meurthe que se fit l'invasion des Vosges : la Vezouze, la Brüche et la Plaine, le Rabodeau, la Fave, et c'est précisément cette vallée de la Haute-Meurthe qui devint le théâtre du premier acte de la défense vosgienne. Par un exposé rapide des faits nous suivrons les mouvements de l'armée envahissante, nous rappellerons les efforts des premiers défenseurs des Vosges, en résumant toutes les opérations militaires engagées par la *première armée de l'Est*, dès Baccarat, et poursuivies jusqu'aux sources mêmes de la Meurthe.

Après nos premiers désastres, le mois d'août 1870 se passa dans l'attente et l'énervement. Il faut avoir vécu ces heures de fièvre où l'affolement et l'espérance, la colère et la honte bouillonnaient dans les cœurs. Toutes les correspondances coupées ; plus de chemin de fer entre Saint-Dié et Lunéville, plus de poste, quelques nouvelles rares et douteuses colportées et faisant boule-de-neige en roulant sur la crédulité populaire. Puis des alertes soudaines qui annonçaient la présence de l'ennemi aux cols des Vosges.

Le territoire était dégarni, pas un soldat pour garder les Vosges. La garnison d'Épinal, 64e de ligne, était à l'armée du Rhin ; le régiment des gardes-mobiles des Vosges, colonel *Simonin*, avait ses bataillons dispersés, les uns à Langres, celui de Saint-Dié à Metz.

Mais on se ressaisit vite ; dès les premiers jours de Septembre s'organisent les gardes nationales sédentaires. « Tous les jours, écrivait un journal local[2], un certain nombre de gardes nationaux se rendent dans la cour du collège (St-Dié) pour y faire l'exercice, ils sont commandés par d'anciens militaires. »

Dans tous les chefs-lieux de canton la garde nationale faisait l'exercice, comme à Saint-Dié.

Après Sedan, à l'appel du nouveau préfet des Vosges, M. Georges, la défense s'organise énergiquement ; les volontaires et corps francs accourent de tous les coins de la France vers la frontière, « guidés par un secret instinct qui leur montrait les Vosges comme le lieu le plus propice à une guerre de partisans, et le débouché le plus sûr et le plus facile sur les communications avec les armées d'invasion[3]. »

Déjà au commencement de septembre, nous apprend M. Bardy[4], des colonnes de francs-tireurs circulaient dans nos montagnes, allant d'une vallée à l'autre. »

« Le 1er ou le 2 septembre, des compagnies de francs-tireurs avaient été logées au grand séminaire. Le 5, M. Micard, supérieur, écrivait au président de la commission municipale que le séminaire voulait supporter les frais occasionnés par le passage des francs-tireurs.

Dans sa séance du 8, le conseil municipal vota des remerciements à l'administration du séminaire *pour cet acte de munificence* et remit la somme de 30 francs comme gratification aux domestiques[5]. »

Vers le 20 septembre on comptait, tant à Saint-Dié qu'aux environs, six corps de francs-tireurs.

1º *Les francs-tireurs de Colmar*, capitaine-commandant *Eudeline*, deux compagnies ; ils arrivent à Saint-Dié, le 12 septembre, à 3 heures du soir, par Senones, le Ban-de-Sapt, Robache. Ils se faisaient appeler les *Éclaireurs des Vosges*.

2° *Les francs-tireurs des Vosges*, capitaine *Gérard*, ou *Adam*, une compagnie ; ils arrivent à Saint-Dié, le 16 septembre, à 10 h. du soir.

3° *Les francs-tireurs de la Seine*, capitaine *Dumont*, une compagnie de cent hommes. Ils arrivent à Saint-Dié le 17.

4° *Les francs-tireurs de Lamarche*, une compagnie commandée par *M. Lanique*, si bien secondé par son lieutenant, cette Mademoiselle *Antoinette Lix*, qui fit son entrée à Saint-Dié, aussi le 17 septembre.

5° *Les francs-tireurs de Neuilly*, une compagnie, capitaine *Sageret*, qui passe à Saint-Dié le 19.

6° *Les francs-tireurs du Rhône*, campés à Provenchères.

7° Le 19, la compagnie *des francs-tireurs de Mirecourt*, capitaine *Bastien*, et celle *de Lyon*, arrivée la veille, partaient de Saint-Dié à 10 heures du matin ; ils étaient à Épinal avec les *francs-tireurs de la Haute-Saône*, capitaine *Perpigna*, *ceux de la Meurthe*, capitaine *d'Hautel*, et la légion *Bourras*, en voie de formation.

Les francs-tireurs allaient et venaient d'une vallée, d'une montagne, d'un village à l'autre, gîtant dans les bois, faisant des reconnaissances, traversant les campagnes où ils n'étaient pas toujours acclamés. On craignait même leurs visites, car ils avaient plus de patriotisme que de discipline, et faisaient trop souvent des réquisitions qui ne semblaient pas assez justifiées.

De là des mécontentements et de nombreuses plaintes de la part des habitants des campagnes.

Cependant l'ennemi s'avançait ; de fortes reconnaissances avaient été signalées vers Badonvillers, Pierre-Percée, Raon-l'Étape. Les Allemands semblaient pleins d'appréhension en s'aventurant dans les Vosges, ainsi que le fait si bien remarquer l'auteur *des Vosges en 1870* : « Cette masse sombre des Vosges, écrit-il, fouillis de montagnes, de vallées, de forêts impénétrables, semait autour d'elle une terreur superstitieuse. Mal renseignés sur ce qui s'y passait, indécis sur le nombre, la force, la composition et la discipline des détachements de francs-tireurs autour desquels la presse française avait bruyamment battu la caisse, nos ennemis semblaient craindre de s'aventurer dans le pays. » [6]

C'est le 15 septembre que l'ennemi fait son apparition dans la vallée de la Haute-Meurthe ; le 16 au matin, les Allemands occupent la ville de Baccarat et la terrorisent en constituant prisonniers le maire M. Godard et six conseillers municipaux, parmi lesquels M. Michaut, administrateur des cristalleries. Voici d'après *le Moniteur officiel du gouvernement général de Lorraine*, organe de l'autorité étrangère qui occupait et dirigeait notre pays, le motif de cette arrestation.

« Le préfet de la Meurthe, lisons-nous dans le numéro du 20 septembre 1870, attendu que les autorités administratives de l'État se sont refusées de fonctionner, s'est trouvé dans la nécessité d'instituer les maires des chefs-lieux comme autorités dans leurs cantons.

« Tous se sont prêtés à cette exigence, dans l'intérêt des habitants, à l'exception d'un seul.

« Le maire de Baccarat, en renvoyant toutes les pièces officielles qui lui avaient été expédiées par un messager, s'est refusé d'obéir à l'arrêté du 9 septembre 1870.

« À la suite de cette résistance qui ne saurait être tolérée, le préfet a délégué un fonctionnaire civil appuyé par la force armée pour arrêter le maire et les membres du conseil municipal. Cette mesure a été mise à exécution ; le maire et six conseillers municipaux se trouvent en prison à Nancy ; une forte réquisition de voitures a été exécutée en même temps, et des coups de fusil ayant été tirés en route sur l'escorte militaire, on avisera à d'autres mesures de répression. »

Les prisonniers furent en effet conduits à Nancy : c'est au sortir de Baccarat que l'escorte fut attaquée par une bande de francs-tireurs : cet épisode est ainsi rapporté par l'auteur *des Vosges en 1870*.

« La colonne qui escorte les prisonniers sort de la ville, en tête marchent des cavaliers ; derrière ceux-ci, les otages, à pied, comme des malfaiteurs ; puis l'infanterie, et enfin des chariots chargés de réquisitions de toute espèce. Mais à peine a-t-on franchi 500 mètres au-delà des dernières maisons que d'un bouquet de bois situé à droite de la route des balles pleuvent sur l'escorte ; ce sont les francs-tireurs enrôlés la veille à Baccarat même[7], qui, sans calculer les conséquences de leur action, sans se rendre compte du danger qu'ils vont faire courir aux otages, attaquent la tête du convoi. Les Allemands ont un moment de confusion et d'effroi ; leurs cavaliers se replient en désordre et se jettent derrière un pli de terrain. Bientôt la fumée se dissipant l'ennemi peut compter ses adversaires, et l'assurance lui revient ; les francs-tireurs sont dix-sept. Le commandant de la colonne donne l'ordre cruel de faire placer les prisonniers en avant de l'infanterie ; abrités derrière eux, les soldats allemands ouvrent le feu contre les francs-tireurs.

« Placés à 150 mètres de distance environ, et cachés dans un bois de pins, ceux-ci ripostent vivement et font plusieurs victimes. Le commandant prussien exaspéré menace les otages de les faire fusiller ; l'un d'eux s'offre alors pour aller parlementer ; il représente aux francs-tireurs l'inutilité de leur attaque et les décide à s'éloigner. » [8]

Le 15 également 150 cavaliers prussiens poussaient une reconnaissance jusque sur la route de Raon-l'Étape. « D'après les renseignements que nous avons recueillis, dit la *Gazette vosgienne*, (septembre 1870) il résulte que le 15, vers une heure de l'après-midi, une trentaine de jeunes gens de Baccarat auraient quitté précipitamment leur commune pour échapper aux Prussiens, lesquels cernaient cette localité afin d'empêcher leur départ pour l'armée française.

Leur arrivée à Raon a causé un élan de patriotisme qui a mis en un instant tous les pompiers et gardes nationaux sous les armes, ayant à leur tête leur maire ; ils se sont portés immédiatement en dehors de la ville, afin d'arrêter la marche de 150 cavaliers prussiens qui ont dû rétrograder en apprenant l'attitude énergique des habitants... Cette patriotique démonstration était soutenue par une compagnie de francs-tireurs de Mirecourt, qui était de passage à Raon... »

------

1. ↑

BIBLIOGRAPHIE

1° *Les Vosges en 1870 et dans la prochaine campagne,* par un ancien officier de chasseurs à pied. — Rennes. *Cailliere,* éditeur, 1887.

2° *Saint-Dié pendant la guerre de 1870-71,* par H. Bardy.

3° *Histoire de la guerre franco-allemande,* par A. Le Faure.

4° *L'Armée de l'Est,* par Grenest.

5° *Journal de marche des mobiles de la Meurthe.*

6° *Monographie du monument de Brouvelieures,* par Thomas, 1901.

7° *La guerre de 1870-71, principalement dans l'Est,* par l'abbé Deblaye. — Recueil de journaux, 2 vol.

8° *L'Invasion des Vosges* (oct. 1870). — *Miscellanées XXV,* par H. Bardy.

9° *Le Combat de Nompatelize,* par le lieutenant Diez.

2. ↑ La *Gazette Vosgienne,* Sept. 1870.
3. ↑ *Les Vosges en 1870 et dans la prochaine guerre,* p. 37, 38.
4. ↑ *Saint-Dié pendant la guerre de 1870* (p. 21).
5. ↑ Note de M. Bardy, p. 21.

6. ↑ p. p. 39, 40.
7. ↑ Quelques francs-tireurs de Bruyères sous les ordres du lieutenant Gérard avaient ouvert à Baccarat un bureau de recrutement. Un grand nombre de jeunes gens de la ville se sont fait inscrire.
8. ↑ Note D.

II

La vallée de la Brüsche était défendue par un détachement de francs-tireurs lorrains et de francs-tireurs du Doubs, sous les ordres du lieutenant *de Klopstein* et du capitaine *Schmidt*, campés à Schirmeck. Le lieutenant de Klopstein avait voulu lui-même, déguisé en paysan, faire une reconnaissance dans cette vallée jusqu'à Mutzig, où il constatait la présence des Prussiens, le 15 septembre. Le jeudi 22 septembre, de cinq heures à neuf heures du matin, ce détachement de francs-tireurs était aux prises près de Mutzig avec un détachement badois formé d'un bataillon, d'un escadron et de deux pièces d'artillerie, commandé par le major *Helel.* Pour ne pas être enveloppés, les nôtres durent se replier sur Oberhaslach ; les Allemands alors s'avancèrent jusqu'à Schirmeck qu'ils occupèrent dans l'après-midi, après un nouvel engagement avec une cinquantaine de francs-tireurs qu'on y avait laissés et qui leur tuèrent une vingtaine d'hommes. Le lendemain la colonne allemande évacuait la ville précipitamment[1].

Le 19 septembre, le deuxième bataillon des mobiles de la Meurthe, venant de Langres, arrivait à Épinal, d'où il poussait jusqu'à Remiremont ; le 20 il était à Gérardmer, et le 21 il campait près de Saint-Dié, au lieu dit le *Haut-d'Anould.* On l'avait expédié dans les Vosges avec la consigne de faire sauter le tunnel du Lutzelburg. Son chef, le commandant *Brisac* avait laissé le bataillon à Épinal, et avec le capitaine *Varaigne* et M. *Pignatel,* de Sarrebourg, était venu étudier sur place les moyens à prendre pour détruire le tunnel. Mais les événements se précipitaient, et nos explorateurs, à leur retour, trouvent envahis déjà les villages et toute la région. Le pays était même si fortement occupé par l'ennemi, que le commandant Brisac et ses deux compagnons faillirent être enlevés par une reconnaissance badoise, lancée à leur poursuite ; ils ne purent s'échapper que grâce au dévouement de M. Marotel, de Badonviller.

Le 22 septembre, le commandant retrouvait son bataillon au Haut-d'Anould et, dans la nuit du 22 au 23, il se portait en avant sur Raon-l'Étape, menacé par une colonne allemande : un bataillon de la landwehr de la garde, deux pelotons de hussards, deux canons, venant de Badonviller.

Arrivé à Raon le 23, le commandant Brisac apprend la présence de l'ennemi dans la vallée de Celles. Il se porte à sa rencontre à la tête de son bataillon, que renforcent les quatre compagnies de francs-tireurs de Luxeuil, de Neuilly, de Colmar. Ils marchent sur deux colonnes. La colonne principale suit la rive gauche de la Plaine, les francs-tireurs de Colmar constituent l'avant-garde. La deuxième colonne qui est chargée d'appuyer la première, est composée des 1re et 3e compagnies, avec le capitaine Mézières ; elle suit la rive droite de la Plaine, et a pour mission de marcher sur Pierre-Percée dans le but de couper aux Allemands leur ligne de retraite sur Badonviller. Les francs-tireurs de Luxeuil formaient l'avant-garde.

La colonne principale atteignit Celles juste à l'heure où les francs-tireurs de Luxeuil se heurtaient à une compagnie ennemie d'environ 500 hommes, commandée par 3 officiers montés, près de la scierie Lajux.

« Les éclaireurs des deux partis se rencontrent sous bois et engagent aussitôt un combat corps à corps. Le feu devient très vif et dure depuis 2 h. ½ jusqu'à 4 heures. M. le capitaine Mézières qui, malgré son infériorité numérique, n'avait cessé de défendre le terrain pied à pied, s'aperçut alors que les Prussiens abandonnent la position, en emportant leurs morts et leurs blessés. Nos pertes furent, au bataillon, quatre hommes tués, trois blessés grièvement » [2].

À Celles, l'avant-garde de la colonne principale échangeait quelques coups de feu avec l'extrême arrière-garde d'une compagnie ennemie, lorsqu'un exprès du capitaine Mézières vint prévenir de la rencontre de *Lajux*. Le commandant Brisac voulut poursuivre l'ennemi en retraite sur Pierre-Percée, où il arriva trop tard pour empêcher la jonction des deux partis ennemis. On essuya quelques coups de feu seulement avec l'arrière-garde qui s'échappa à travers bois.

Les deux colonnes rentrèrent à Raon, laissant à Celles une compagnie du bataillon et les francs-tireurs de Colmar ; les francs-tireurs du Doubs et les francs-tireurs lorrains engagés la veille à Mutzig, survenaient de leur côté, venant d'Oberhaslach, passant entre les deux Donons.

Le même soir, le Préfet des Vosges averti, télégraphiait au Ministre de la Guerre pour lui signaler ces trois affaires de Lajux, de Pierre-Percée et de Schirmeck. Le 24, le commandant Brisac dépêchait un double courrier avec des rapports au général Besançon et au Préfet. Ce dernier fut affiché à la Préfecture.

En même temps le commandant demandait du renfort. On lui annonça l'envoi du troisième bataillon des mobiles des Vosges et de deux compagnies de Saône-et-Loire, tandis qu'on dirigeait aussi sur Saint-Dié le premier bataillon des mêmes mobiles.

---

1. ↑ Voir dans la brochure de M. H. Bardy, *Saint-Dié pendant la guerre*, le récit de cette occupation de Schirmeck, fait par M. Ch. Grad, pp. 36, 37.
2. ↑ Journal de marche du 2ᵉ bataillon de la Meurthe.

III

Les Allemands évacuèrent Badonvillers et se retirèrent sur Montigny ; un détachement d'environ six cents hommes vint occuper Azerailles.

Dans la nuit du 25 au 26 septembre, le commandant Brisac tentait d'enlever par surprise cette garnison d'Azerailles ; ce coup de main devait s'exécuter de concert par le bataillon de la Meurthe, la 4ᵉ compagnie du 3ᵉ bataillon des Vosges, (capitaine Ostertah) les francs-tireurs lorrains, les francs-tireurs du Doubs et une autre compagnie du 3ᵉ bataillon des Vosges qui était de grand'garde à Bertrichamp. Malheureusement il échoua ; la compagnie de Bertrichamp manqua au rendez-vous et toute la nuit ce ne fut qu'un chassé-croisé, puis une débandade. Aux premières lueurs du jour le commandant rentra à Raon-l'Étape presque seul. La nuit suivante la compagnie de Bertrichamp décampait laissant Raon à découvert.

Le 27 septembre, l'ennemi (c'était toujours la colonne de la landwehr de la garde) attaque Raon-l'Étape vers midi. Il est repoussé par le commandant Brisac qui rassemble en toute hâte son bataillon et le porte en avant sur la route de Baccarat ; le commandant était soutenu par les francs-tireurs de Colmar qui avaient escaladé la côte de Raon. Les deux batteries ennemies du Clairupt tiraient sur le faubourg, et derrière elles venait l'infanterie bavaroise.

Bientôt les tirailleurs ennemis sont aux abords du bois des Haies, ouvrant un feu violent de mousquetterie auquel répondent les francs-tireurs postés sur la côte et appuyés par une partie du bataillon de la Meurthe. L'autre partie du bataillon occupait le faubourg qui avait été vivement barricadé ; les tireurs étaient à toutes les fenêtres, tandis que les francs-tireurs de Neuilly se déployaient sur la rive gauche de la Meurthe.

Les Allemands semblèrent d'abord avoir l'avantage et gagner du terrain, lorsque, tout à coup, vers 4 heures, leur feu se ralentit pour cesser complètement. Vivement ils viennent relever leurs morts et leurs blessés et se replient en bon ordre. Le commandant Brisac les fit poursuivre jusqu'à Bertrichamp et revint à Raon laissant la première compagnie de son bataillon de grand'garde au Clairupt.

Le même jour le Préfet des Vosges télégraphiait ce succès au ministre de la guerre.

Il sera intéressant, au sujet de l'attaque de Raon-l'Étape, de lire cette lettre qu'un franc-tireur de Colmar adressait à son oncle, et qui était reproduite immédiatement par le *Journal de Thann* :

Mon cher oncle,

« Le 27 de ce mois j'ai reçu le baptême de feu et je me trouve sans une égratignure. Je vais vous raconter notre petit combat. La veille de cette fameuse journée, j'allais me coucher dans la salle qui sert de magasinage du chemin de fer de Raon, lorsque le capitaine me rencontrant, me demanda de chercher 15 hommes de bonne volonté pour garder un pont de chemin de fer voisin, qu'on devrait faire sauter si les Prussiens essayent de le dépasser. Je me rendis donc avec un sergent, un caporal et dix des nôtres au village de Thiaville où se trouvait ce pont. Je fis quatre heures de garde cette nuit sans rien voir, mais le matin vers midi au moment de me mettre à table, la sentinelle cria « aux armes ! » Elle voyait l'ennemi s'avancer au galop vers Raon-l'Étape. Nous courons pour prévenir en ville, et ma foi ! il était temps. Notre capitaine était absent, les officiers nous rassemblèrent aussitôt et nous nous dirigeâmes vers la montagne. Nous y étions à peine, qu'une pluie de balles, d'obus et de boulets vint nous avertir que l'ennemi connaissait notre position. Nous en prîmes une autre et à notre tour nous nous mîmes à canarder d'une belle façon. Nous nous battîmes pendant 3 heures ½ ; nous étions 200 hommes contre 800 prussiens et deux pièces d'artillerie. L'ennemi se retira avec une trentaine d'hommes hors de combat, tandis que de notre côté nous n'avions eu qu'un seul mort, un jeune homme de Rambervillers, arrivé le matin même de permission…

« Victor Engel,

« *franc-tireur de la Cie de Colmar.* »

Ce qui avait brusqué le dénouement, c'est la chute du commandant bavarois tué dans le combat. Ses officiers avaient sonné la retraite et emporté son corps. De notre côté on comptait seulement trois morts et quelques blessés.

Le 30 septembre, le 3ᵉ bataillon des mobiles des Vosges (lieutenant-colonel Dyonnet) parvenait à Raon ; arrivait en même temps le commandant Perrin, officier d'artillerie, qui prenait le commandement en chef de toutes les forces de la région. Il venait en effet d'être nommé au commandement supérieur des Vosges.

Il commença par faire opérer sommairement autour de la ville des travaux de fortification et de retranchements. Il plaça la 8ᵉ compagnie du bataillon de la Meurthe à Celles, pour défendre la route de Schirmeck ; les francs-tireurs de Mirecourt à Senones, ceux de la Seine à Moyenmoutier, ceux de Neuilly aux environs de Saulcy. Son flanc gauche ainsi protégé contre les attaques de l'ennemi, il espérait pouvoir se porter lui-même avec le gros de ses forces au devant du général de *Degenfeld* qui s'avançait vers les Vosges.

IV

Le détachement ennemi refoulé le 27 septembre de Raon-l'Étape fut renforcé par de l'infanterie badoise et se replia à l'Est de Lunéville attendant les évènements.

Cependant, la nuit même de la capitulation de Strasbourg, 29 septembre (le général *Werder* obtenait du général de *Molthe*, l'autorisation de lancer une brigade sur les Vosges dans la direction de Raon-l'Étape, et dès le 30 septembre, cette brigade placée sous les ordres du général de *Degenfeld* commençait son mouvement en avant. Ces troupes ennemies comprenaient six bataillons, deux escadrons et deux batteries.

Le général de Degenfeld partagea sa brigade en deux colonnes et quitta les environs de Strasbourg le 1er octobre. La colonne du Nord avait comme itinéraire : Schirmeck (2 octobre), Raon-sur-Plaine, le (3), Celles, le (4). La colonne du Sud devait pour le 2 se trouver à Villé et à Belmont ; à Saint-Blaise et à Saales le 3, à La Petite Raon et à Senones, le 4. La jonction devait se faire le 5, entre Étival et Raon.

Les allemands franchirent les sommets sans obstacle sérieux. La résistance à Raon devenait impossible ; le commandant Perrin, après avoir, dans la nuit du deux au trois octobre, tenté sans succès une nouvelle expédition contre Azerailles, fit sauter le pont de Thiaville et le 4 évacua la ville. Par la Bourgonce et Nompatelize il opéra sa retraite vers le massif des Rouges-Eaux.

⁎

Après une escarmouche engagée le quatre octobre contre des francs-tireurs partis à la Trouche, les Allemands (colonne du Nord) entraient à Raon-l'Étape, le cinq à midi, salués par une fusillade qui leur mit plusieurs hommes hors de combat.

Rapportons d'après « *l'armée de l'Est,* » cet épisode de l'escarmouche de la Trouche : « Dans la matinée du 4 octobre, écrit M. Grenest, nous avons à signaler le dévouement à la patrie d'un habitant de Raon-l'Étape, le brave Richard dit Jeudi, le courageux citoyen, ancien zouave, âgé de cinquante-cinq ans, ayant appris que les éclaireurs allemands avaient été signalés au hameau de la Trouche, prit un fusil et partit seul à la rencontre de l'ennemi en disant : « Je vais aller les recevoir.

« À l'entrée du hameau, Richard apercevant, à bonne portée, une troupe d'infanterie qui s'avançait s'abrita derrière une maison, ouvrit le feu et tua ou blessa plusieurs allemands.

« L'ennemi avançant toujours, Richard se vît forcé de quitter son poste et chercha à regagner Raon-l'Étape, mais pendant sa course, une grêle de balles s'abattit sur lui et il tomba mortellement blessé. » [1]

D'après une relation allemande il y aurait eu aussi un combat à la *Chipotte,* le 5 octobre : « Après la prise de

22

Raon, dit cette relation, deux compagnies du troisième régiment badois rejoignaient à la Chipotte l'adversaire en retraite précipitée sur Rambervillers et le mettaient en déroute complète, après une demi-heure de combat. »

En vérité il n'y eut point de combat à la *Chipotte*, mais un brigandage. Les allemands ne trouvèrent aucun ennemi pour leur disputer le passage, ils rencontrèrent simplement les paisibles habitants de la ferme, un vieillard octogénaire qu'ils fusillèrent avec son fils, pour mettre ensuite le feu à la maison. Voilà le haut fait de la Chipotte.

La colonne du Sud de la brigade Degenfeld avait, de son côté, accompli son itinéraire, et les troupes ennemies opéraient leur jonction entre Raon-l'Étape et Étival, le 5 octobre.

Le soir même de l'évacuation de Raon, le commandant Perrin arrivé à la Bourgonce avec ses troupes courait à Épinal ; donnant l'ordre au commandant Brisac de rester à la Bourgonce avec son bataillon et celui du colonel Simonin et faisait occuper le Haut-Jacques par le 3e bataillon des Vosges, commandant *Brachet*.

Le commandant Brisac à qui on avait signalé la présence de l'ennemi entre Étival et Raon fit occuper par quelques compagnies une ligne de défense de quatre kilomètres : Saint-Michel, Nompatelize, La Salle, le Haut-du-Bois, et dans la soirée du 5 octobre il repoussa quelques dragons badois qui s'étaient avancés en reconnaissance d'Étival jusque Saint-Michel, ceux-ci faillirent même se voir enlevés par les francs-tireurs de Colmar campés à Saint-Michel.

Cependant le gouvernement de Tours venait d'expédier de Vierzon sur les Vosges la brigade *Dupré*. Elle avait été détachée de la division *Peytavin*, faisant partie du 15ᵉ corps. Elle comprenait le 32ᵉ de marche, le régiment des gardes mobiles des Deux-Sèvres et une batterie d'artillerie du 14ᵉ régiment, avec 6 pièces de quatre.

Arrivé le quatre octobre à Épinal, le général Dupré s'était d'abord dirigé sur Bruyères, par voie ferrée, et avait ainsi disposé ses troupes : le régiment des Deux-Sèvres à Bruyères, le premier bataillon du 32ᵉ à Corcieux, le deuxième à Anould, le troisième à Gérardmer. Mais dans la nuit du cinq, toute la brigade se remettait en route vers la Bourgonce. Le régiment des Deux-Sèvres arriva à minuit, mais la queue de la colonne n'atteignit la Bourgonce qu'au petit jour, après une marche bien fatigante, mais vaillamment supportée. « La nuit était splendide, écrit un officier du 34ᵉ mobile, et la lune dans son plein, éclairait un paysage des plus saisissants. Nous suivions péniblement les sentiers abrupts de la montagne, mais absorbés par le spectacle grandiose que nous avions sous les yeux et l'inquiétude vague de l'inconnu, nous ne prîmes aucunement garde à la fatigue forcée d'une route longue et difficile. » [2]

Telles étaient les troupes françaises rassemblées à la Bourgonce, et qui allaient prendre part au combat du 6

Octobre. Elles formaient un effectif de neuf-mille quatre-cent-cinquante hommes :

1º Le 32ᵉ de marche, 3600 hommes tirés du 32ᵉ, 37ᵉ et 57ᵉ de ligne ; sous les ordres du lieutenant-colonel *Hocédé*.

2º Le régiment des gardes-mobiles des Deux-Sèvres, 3500 hommes, commandés par le lieutenant-colonel *Rouget-de-Gourcez*.

3º Deux bataillons des mobiles de la Meurthe, ayant à leur tête le commandant *Brisac*.

4º Un bataillon et demi des mobiles des Vosges, avec le lieutenant-colonel *Dyonnet*.

5º Une batterie d'artillerie commandée par le capitaine *Delahaye*.

6º Les francs-tireurs de Colmar, deux compagnies commandées par le capitaine *Eudeline*.

7º Les francs-tireurs de Neuilly avec le capitaine *Sageret*.

8º Les francs-tireurs de Lamarche avec *Antoinette Lix*.

Un demi bataillon des mobiles des Vosges avait été laissé au Haut-Jacques.

Le général Dupré, ancien colonel de gendarmerie, qui commandait cette petite armée des Vosges, avait pour chef d'état-major le capitaine du génie *Varaigne*.

Ces diverses troupes étaient à peine concentrées que déjà l'ennemi était signalé, c'était la brigade Degenfeld qui opérait sur Saint-Dié son mouvement en avant.

En deux colonnes, les Allemands s'avançaient suivant les deux rives de la Meurthe. Par la rive gauche, sous les ordres du major *Kieffer*, marchaient le 2e bataillon du 3e régiment d'infanterie commandé par le major *Steinwachs*, le bataillon des fusilliers du 6e régiment, un demi escadron de dragons et deux pièces de la batterie légère *Kuntz*. Par la rive droite, route de La Voivre, sous le commandement du colonel *Müller*, marchaient le 1er bataillon du 3e régiment d'infanterie et le bataillon de fusilliers du même régiment avec le major *Widman*, l'escadron *Œlwang* du 1er régiment des dragons de la garde, et quatre pièces de la quatrième batterie légère *Kuntz* et la deuxième batterie lourde *Gœbel*.

Les deux colonnes devaient se rejoindre à St-Michel. Un bataillon du 6e régiment avait été laissé à Étival pour assurer les débouchés de la montagne et rassembler des vivres. On avait également laissé à Raon-l'Étape, avec des avant-postes sur Les Châtelles, Bertrichamp, Thiaville, un détachement de dragons, une réserve de trois bataillons de fusilliers et de deux bataillons de grenadiers.

Il est inutile de refaire ici le récit si souvent renouvelé de cette bataille de *Nompatelize-La Bourgonce* (6 octobre 1870) qui livra aux Prussiens la clef des Vosges. Dans sa brochure : *Saint-Dié pendant la guerre* ; M. H. Bardy nous retrace. de cette affaire une relation bien contrôlée, aussi complète qu'émouvante. L'auteur des *Vosges en 1870* nous fournit aussi sur cette bataille les détails tactiques et stratégiques les plus circonstanciés ; et surtout, le dernier travail paru sur ce sujet : *Le combat de Nompatelize* par le lieutenant *J. Diez* nous donne en même temps qu'une étude historique bien précise du combat, une étude critique parfaitement juste des opérations militaires de cette journée du 6 Octobre.

L'engagement dura de 6 heures ½ du matin à 5 heures ½ du soir, et nous coûta cher. Parmi les morts nous relevons des noms glorieux : le capitaine *Schœldin*, le capitaine *Sageret*, le lieutenant-colonel *Hocédé*, le commandant *Vitre*, etc.

Le capitaine Schoeldin, mourut sur le champ de bataille. Blessé d'une balle au bras droit, ce brave officier avait pris sa canne de la main gauche et il continuait à donner des ordres, lorsqu'il fut frappé au ventre par un éclat d'obus.

Le capitaine *Sageret*, qui avait reçu une balle dans le genou, succomba trois jours après.

Le colonel *Hocédé*, avait reçu vers deux heures de l'après-midi un éclat d'obus qui lui fit au bras et à la jambe gauche de graves blessures. « Reçu chez M. le curé de la Bourgonce, le colonel dut subir l'amputation de la jambe et du bras, et cette double opération fut pratiquée dans la nuit du 7 au 8 par un médecin badois, le docteur *Keller, de Lœrrach* assisté de M. Charles Raoult, étudiant en médecine, et d'un interne des hôpitaux de Paris, M. Dumont qui servait dans le 32ᵉ en qualité d'aide-major.

Cette longue et douloureuse opération habilement faite, avait été malheureusement trop tardive. Le colonel l'a supportée avec un grand courage et une étonnante énergie, mais bientôt des accidents inflammatoires se déclarèrent et la mort arriva dans la nuit du 9 au 10 octobre.[3]

Le commandant *Vitre* avait reçu un coup de feu au bras. Il succomba le 10 novembre, des suites de sa blessure, à l'hospice Saint-Maurice à Épinal. Le 12, la population d'Épinal à laquelle s'était joint le corps d'officiers et une partie de la garnison prussienne de la ville accompagnait sa dépouille mortelle au cimetière d'Épinal. Nos ennemis eux-mêmes rendirent hommage à la valeur de cet officier français. Sur sa tombe le colonel *Schmielden* du régiment saxon prononça les paroles suivantes :

« Nous venons d'accompagner un brave officier à sa dernière demeure. Il fut notre adversaire mais un adversaire loyal, qui a sacrifié sa vie en accomplissant fidèlement ses devoirs de soldat. Comme chrétiens et comme soldats nous lui disons ce suprême adieu : « Paix à son âme, respect à sa mémoire ! »

En tout le combat de Nompatelize nous a coûté 300 morts, 500 blessés et 588 prisonniers. Le général Dupré frappé d'une balle qui lui traversa le cou de la nuque au menton, avait été lui-même mis hors de combat.

Les Allemands furent-ils moins éprouvés, ils le prétendent, mais leurs pertes furent plus fortes que ne l'accusent leurs documents officiels. Plusieurs officiers allemands dorment leur dernier sommeil dans ce champ de bataille devenu un vaste cimetière dont les monuments patriotiques rappellent la lutte de ces braves.

Puisque notre mémoire nous reporte vers eux, saluons donc ces héros d'une prière et d'un souvenir ému et répétons avec le prédicateur de la solennité du 6 octobre 1895 : « Oh ! je ne parcours jamais les sentiers de ces montagnes sans saluer de mon enthousiasme cette héroïque petite armée de Nompatelize… gloire aux braves mobiles des Deux-Sèvres, de la Meurthe, des Vosges, qui tinrent en échec 8 heures durant l'armée badoise. Gloire à l'héroïque colonel Hocédé qui, malgré d'horribles blessures, parcourut encore une fois le champ de bataille… Gloire aux francs-tireurs de Neuilly, de Colmar, de Lamarche… Gloire au 32ᵉ de marche ! Ils sentaient, ces vieux braves, qu'ils portaient toutes les responsabilités de la journée, comme ils portaient toutes les colères de la patrie… [4]

La légion bretonne était restée au Mont-Repos, commandée par le lieutenant de vaisseau *Domalain*. La légion Bourras arriva vers la fin du combat ; elle ne put être utile qu'à protéger notre retraite. Un lieutenant, M. *Pistor*, voulut cependant prendre part au combat, et paya bravement de sa personne, il eut une jambe cassée par un éclat d'obus.

La compagnie des éclaireurs du Nord était restée à Bruyères.

La retraite de nos troupes avait commencé dès 4 heures du soir, dans la direction de Bruyères ; cette retraite se fit, dit encore l'auteur *des Vosges en 1870*[5] dans un désordre épouvantable « tous les corps étaient débandés, à peine restait-il quelques fractions organisées sous le commandement de leurs chefs. Environ quatre-vingts gardes-mobiles de la Meurthe, rassemblés par le commandant Brisac, et une cinquantaine d'hommes du 1er bataillon des Vosges escortaient l'artillerie qui fermait la marche, ayant lutté jusqu'à la dernière heure.

Le gros des troupes fit halte au Mont-Repos, et à 7 heures du soir il reprit sa marche vers Bruyères. La légion bretonne et un bataillon des Deux-Sèvres étaient laissés au Mont-Repos, avec une compagnie de la légion Bourras. Une autre compagnie de la même légion était détachée au Haut-Jacques pour surveiller la route de Saint-Dié ; et les trois autres placées en réserve à Maillefaing dans la vallée des Rouges-Eaux.

L'ennemi ne nous inquiéta point, il campa sur les positions conquises, et le soir du 6 octobre à Nompatelize, à La Bourgonce et dans tous les environs, à l'endroit même où la veille étaient les troupes françaises, on ne voyait plus que des soldats ennemis.

Nous ne rappelons pas que le passage de nos vainqueurs en ce pays fut marqué par l'assassinat, le pillage et l'incendie.

Le lendemain de la bataille des détachements parcouraient les villages environnants et emmenaient des otages. Ainsi furent conduits à Étival et gardés prisonniers deux jours, le curé et le maire de Moyenmoutier.

Le 7 octobre, la légion bretonne engagea une petite fusillade avec des dragons badois et leur fit un prisonnier blessé que l'on emmena au camp et que l'on soigna. Le général de Degenfeld le fit réclamer par un ultimatum que le curé de la Bourgonce et l'adjoint Claude durent porter au Mont-Repos ; à cet ultimatum lâche le colonel Domalain répondit fièrement. On peut lire cet épisode émouvant dans l'ouvrage de M. *Jules Onnée, faits et gestes de la Légion bretonne.*

Quant aux prisonniers capturés sur le champ de bataille, ils furent conduits à Étival le soir même, et entassés partie dans l'église, partie sur le pont de la Meurthe où ils passèrent la nuit sous la pluie. Le lendemain ils arrivaient à Raon et furent internés dans l'église. Là, ils eurent à subir toutes les privations et toutes les duretés des vainqueurs. Après deux jours et trois nuits, ils furent évacués par Baccarat, sur Lunéville et enfermés à la caserne de l'Orangerie, en attendant qu'on les expédiât en Allemagne. Ce voyage d'Étival à Lunéville ne fut qu'une longue souffrance. Lisez les détails dans le récit de M. Ph. Bruchon, du 32e de marche, et vous serez édifiés sur la dureté des Allemands, mais aussi profondément touchés du dévouement des habitants de Raon, de Baccarat, de Lunéville.

1. ↑ L'Armée de l'Est, p. 50.
2. ↑ Lieutenant GUETTE, cité par le lieutenant J. DIEZ, dans son ouvrage : *Le combat de Nompatelize*, p. p. 19, 20.
3. ↑ La *Gazette vosgienne*, 3 novembre 1870.
4. ↑ Abbé Brignon.
5. ↑ p. 75.

V

Le 7 octobre, le général de Degenfeld envoyait la nouvelle de sa victoire à Lunéville d'où elle était télégraphiée à S. A. R. le grand duc de Bade. Le rapport du général se terminait par ces paroles : « C'est un jour glorieux pour nos troupes. »

Le journal *le Nord* qui reproduit le télégramme d'après la *Gazette de Carlshruhe* tire cette conclusion des détails contenus dans la dépêche ; que les Prussiens trouvent dans la région des Vosges des éléments de résistance sérieuse et que la marche de l'armée qui a Lyon pour objectif ne s'opérera pas sans difficulté.

Du 6 au 10 octobre, les compagnies qui avaient protégé la retraite des français, gardèrent leurs positions, faisant des reconnaissances et défendant les passages du chemin de Raon-l'Étape à Saint-Dié. « Pendant trois jours, dit Ladislas Wolowski[1] officier du corps franc de Bourras, nos compagnies placées dans ces défilés firent des excursions très heureuses soit du côté de Raon, soit de celui de Saint-Dié. Ainsi, le 8 octobre, le capitaine Dautel entra avec ses hommes dans Nompatelize même, où sept prussiens furent tués. Le 9, je fis avec une vingtaine d'hommes une reconnaissance jusqu'à Rougiville, où nous tuâmes trois hommes à un petit détachement prussien. »

Le 10, une colonne de 500 prussiens attaqua le poste de Mont-Repos toujours défendu par les deux compagnies bretonnes et 3 compagnies du corps franc.

Après deux heures de combat dans les bois et derrière les barricades, l'ennemi se retira, après avoir perdu quelques hommes ; tandis qu'un seul homme, de la compagnie Bourras, avait, de notre côté, été tué en cette affaire.

Le 7 octobre, une patrouille forte de soixante-dix cavaliers, s'avança jusque Rambervillers, mais dut vivement rebrousser chemin. Le même jour, à 11 heures du matin huit dragons badois se présentaient à Saint-Dié.

Cependant le 11e corps allemand formé après la chute de Strasbourg, sous les ordres du général Werder se mettait en marche vers les Vosges où il devait détruire les forces françaises qui s'y concentraient. L'ordre de marcher sur les Vosges était arrivé le 4 octobre à Werder qui s'était empressé de prévenir Degenfeld que sa brigade devenait l'avant-garde du corps d'armée en marche sur Épinal. Le 5, Werder quittait les environs de Strasbourg et se dirigeait sur les Vosges en trois colonnes : 1° Colonne du Sud ; brigade de cavalerie, artillerie, général de la *Roche-Starkenfils*, qui vient sur Saint-Dié par Barr.

2° Colonne du centre, 3e brigade d'infanterie, colonel *Sachs* par Mutzig, Schirmeck, Etival.

3° Détachement prussien, général-major *Krug-von-Nidda*, par Schirmeck, Raon-l'Étape. Les convois, sous la protection d'un bataillon du 6e régiment et d'un escadron du 3e dragons, passaient par Saverne, Sarrebourg, pour arriver à Baccarat le 9.

Le 8 la colonne du colonel de la Roche après avoir campé à Provenchères, Bertrimoutier, Lesseux, arrivait à Saint-Dié, en même temps que l'infanterie badoise qui avait assisté à la bataille de Nompatelize.

Le même jour le colonel Sachs atteignit Étival, le 9, le général en chef de Werder était à Raon-l'Étape, et tout le 14e corps campait en ligne dans la vallée de la Meurthe. La ville de Saint-Dié fut frappée d'une contribution de guerre de 10 000 francs[2].

Le même jour Werder détachait une compagnie du 30e régiment prussien, un peloton de hussards, sur Rambervillers, détachement commandé par le major Berckfeld qui devait succomber dans la fameuse et héroïque défense de Rambervillers.

Cependant que devenaient les troupes françaises, le résultat de la suprême résistance ?

Le général *Cambriels*, nommé au commandement en chef de toutes les troupes de l'Est, venait d'arriver dans les Vosges, pour recueillir les débris de la bataille de Nompatelize.

Il arrive à Bruyères le 7 octobre, ramasse ce qui reste de la brigade Dupré, fait nommer le capitaine Varaigne lieutenant-colonel en lui conservant ses fonctions de chef d'état-major, mais près du général en chef. Les éléments de l'état-major furent fournis par la compagnie des *quarante* ou francs-tireurs gris, qui étaient commandés par M. *Macain de Verdier.*

Le même jour le commandant Perrin était également nommé lieutenant-colonel.

La petite armée des Vosges venait de se grossir des renforts demandés par le Préfet. Dans les premiers jours d'octobre venaient encore se mettre à la disposition de Cambriels, le 55ᵉ régiment de marche qui n'arriva que le 8 à Gérardmer, le 2ᵉ bataillon des mobiles du Doubs, capitaine d'*Olonne* ; 4 compagnies du 85ᵉ de marche, une batterie de 6 pièces de 12, ce qui portait son effectif à 15 000 hommes environ, c'est ce que l'on proclama : « *La première armée de l'Est* ».

Cambriels prit position sur les hauteurs en arrière de la Vologne. Il établit son quartier général à Champdray, garda près de lui l'artillerie escortée par 230 volontaires d'Épinal arrivés le 7 par le chemin de fer ; pour se couvrir, il plaçait le bataillon de la Meurthe, à Granges.

Il partagea son petit corps en deux brigades :

La 1ʳᵉ, confiée au nouveau colonel Perrin, s'établit sur la grand'route de Remiremont. Elle s'éployait de Gérardmer à Bruyères, comprenant 1° le régiment des gardes mobiles des Vosges, 58ᵉ de marche, dont un bataillon est placé à Bellevue, un devant Varimont et au haut de la côte, un ½ bataillon à Barbey-Seroux, un ½ bataillon à l'Étang-d'Oron et à la grande Roche.

2º le bataillon des mobiles du Doubs placé à Gérardmer,

3º Le 1er et le 2e bataillon du 32e de marche qui furent placés le 1er en face de Barbey-Seroux, le 2e à Gerbépal.

La 2e brigade fut confiée au colonel *Rouget de Gourcez.* Elle comprenait 1º le 3e bataillon du 32e de marche ;

2º les quatre compagnies du 85e de marche ;

3º le régiment des Deux-Sèvres ;

4º Les deux légions Domalain et Bourras ;

5º quelques corps de francs-tireurs.

Cette brigade prit position sur la ligne Laval, Fiménil, Herpelmont.

Les deux légions Domalain et Bourras avaient été laissées au Mont-Repos, aux Rouges-Eaux, au Haut de Saucerey, au Haut-Jacques, comme avant-postes.

Il y avait de plus un avant-poste à Anould. Ces avant-postes devaient observer l'ennemi et couper les chemins par des tranchées et des abatis ; en même temps, « des ouvrages de fortifications passagères étaient élevés par ordre du général Cambriels sur toutes les routes qui de Corcieux et de Fraize conduisent dans la vallée de Gérardmer.

Le 9 octobre, le régiment du Jura, 55e de marche, lieutenant-colonel *de Montravel,* arrivé la veille à Gérardmer vient occuper les vallées de Clefcy et du Valtin et tient les débouchés du Bonhomme et du Louchpach. Son 2e bataillon descendait, commandé par le commandant de

Froissard, la vallée de Ban-sur-Meurthe, et venait occuper Anould. L'autre avec le colonel, par le Valtin arrivait à Plainfaing. Il fit son entrée dans ce bourg à la nuit close et par un horrible temps, c'était la nuit du 9 au 10. « Rien n'ayant été prévu pour le cantonnement, dit l'auteur des *Vosges en 1870*[3] les hommes se logèrent à leur guise, un peu partout, et il fut impossible de rassembler une compagnie de grand'garde : le bataillon passa la nuit à la merci d'une attaque qui n'eut pas lieu heureusement. Pourtant les avant-postes ennemis n'étaient qu'à 6 kilomètres sur la route de Saint-Dié et dans la journée même, une patrouille de quatre cavaliers s'était montrée à l'entrée d'Anould et s'était retirée après quelques coups de fusil ».

---

1. ↑ Le corps franc des Vosges.
2. ↑ Voir le chap. VII de *S. D. en 1870*, 4 jours d'occupation, p. 62 et suivant.
3. ↑ p. 88.

VI

Le lendemain matin 10, le 2e bataillon du Jura cantonné à Anould se voyait assailli par deux compagnies du 5e régiment badois et un peloton de dragons, commandés par le major *Rœder.* Posté derrière les haies sur l'emplacement actuel de la gare il résista deux heures durant.

Des francs-tireurs établis de l'autre côté de la Meurthe, *au Belrepaire,* essayèrent bien de corser la résistance ; mais ils étaient bientôt contraints de se replier sur Fraize, tandis que les mobiles se retiraient vers Ban-sur-Meurthe, par le mamelon de La Roche.

Les notes inédites du colonel Perrin nous fournissent des détails sur le petit combat d'Anould. Citons le rapport du colonel Montravel : « Aujourd'hui vers 11 heures j'ai été prévenu par nos avant-postes qu'une reconnaissance prussienne de deux compagnies remontait la vallée de la Meurthe, se dirigeant sur Clefcy. Le combat s'engagea à la barrière d'Anould ; nos troupes cédèrent le terrain, mais, une fois entrées dans les défilés, elles tinrent bon. Après 2 heures de lutte l'ennemi a battu en retraite. Je n'ai eu personne de tué, quelques blessures légères seulement. L'ennemi en fuyant a laissé quelques hommes sur le terrain. »

Le bataillon du Doubs expédié de Gérardmer au secours des combattants arriva à Gerbépal quand tout fut fini, et repartit.

Relatant ce combat d'Anould, un journal local ajoutait que l'ennemi avait incendié la maison du sieur Marchal, aubergiste, retenu prisonnier pendant le pillage de son habitation, mais une lettre rectificative de M. Marchal lui-même, apprend que sa maison fut brûlée accidentellement, le 12, après l'entrée des Prussiens, qui, ajoute la lettre, « n'ont manifesté aucune intention de représailles à Anould. »

Le 1er bataillon du Jura retourna de Plainfaing cantonner au Valtin. Le temps était mauvais et les hommes exténués ; vers le soir le commandant *Le Pin* résolut de réintégrer Gérardmer, mais en chemin lui parvenait l'ordre d'occuper à nouveau Le Valtin. « Ce fut le signal d'une débandade générale, un grand nombre d'hommes s'enfuirent à Gérardmer chercher des vivres, et on ne regagna le Valtin qu'avec un bataillon réduit de près de moitié. Cependant avec bien des peines on réussit à cantonner ce noyau et à placer des grand'gardes, il fallut encore détacher dans la vallée de Clefcy deux compagnies pour appuyer le 2e bataillon moralement bien ébranlé.

À l'extrême gauche, le même jour, la légion bretonne abandonnait le Mont-Repos et se repliait sur Bruyères. Le lendemain soir les deux compagnies Bourras quittaient les postes du Haut-Jacques et le Haut de Sauceray pour se replier sur Brouvelieures.

Cependant tandis que Verder avec le gros de ses troupes arrivait à Rambervillers ; le 11, la division badoise reprenait sa marche dans la vallée de la Meurthe. Après Nompatelize, elle avait occupé les positions suivantes : 1re brigade d'infanterie : 3e régiment de dragons, 2 batteries à Étival et aux environs. 2e brigade : 1er régiment de dragons du corps et 2 batteries entre Étival et Saint-Dié. 3e brigade : 2e régiment de dragons, artillerie divisionnaire et batterie à cheval à Saint-Dié.

Le 11, en trois colonnes, la division se remettait donc en marche ; la 1re brigade (colonel Bayer) par le Haut-Jacques s'engageait dans la vallée des Rouges-Eaux qui était libre ; mais elle était bientôt arrêtée par la légion Bourras dont la 10e compagnie (capitaine Gérard) formait l'avant-garde. Après le combat de Brouvelieures et l'héroïsme des soldats de Bouras ; elle occupait Bruyères le même soir[1].

Le même jour, la 3e brigade (général La Roche Starkenfels) franchissant *le Plafond*, arrivait à La Houssière, la 2e (général de Degenfeld}) se dirigeait sur Corcieux.

D'abord elle cantonne à Anould, le Souche, le Paire, la Hardalle, Déveline, Clefcy, Belrepaire.

« La pauvreté de ces villages ne permettant pas de nourrir tant de monde, les troupes durent réquisitionner au loin dans toutes les directions, jusqu'à Fraize, et le vol et le pillage suppléèrent plus d'une fois à l'insuffisance de la réquisition[2]. »

Ainsi le 11 octobre au soir, la division badoise tenait les trois principales entrées de la vallée de la Vologne.

Le général Cambriels avait toujours son quartier général à Champdray, appuyant sa droite sur sa 1re brigade, en avant de Gérardmer, qui occupait le Valtin, le haut de Clefcy (55e de marche) le Saut-des-Cuves (2 bataillon du Doubs), Gerbépal (1 bataillon du 32e de marche), Beauménil, Helpelmont, Haut-Pré, Gadimont (58e de marche). La 2e brigade avait reculé jusqu'à la Neuveville.

Le 12, la retraite déjà commencée, se dessina franchement, sur Remiremont et le Thillot.

Le 14 octobre, la petite armée des Vosges était en sûreté, à portée du canon de Belfort. Cette retraite du Général Cambriels fut-elle un excès de prudence ? Non certes, étant donné le peu de solidité de ses troupes et les difficultés de ravitaillement. Elle fit échouer le plan de *Verder* qui tentait d'envelopper nos troupes, elle sauva d'une ruine certaine ces premiers et braves combattants qui défendirent l'entrée des Vosges et qui allaient grossir la véritable armée de l'Est, pour achever de combattre, vainement hélas, l'invasion qui s'avançait prudemment à travers la France.

GEORGES FLAYEUX.

FIN

1. ↑ Voir le combat de Brouvelieures dans l'ouvrage du lieutenant *Wolowski*.
2. ↑ *Les Vosges en 1870*, p. 100.